BIBLIOTHEQUE MORALE

DE

LA JEUNESSE

PUBLIÉE

AVEC APPROBATION

—

7ᵉ SÉRIE IN-12.

BISSON

L'HONNÈTE

LABOUREUR

Par Mme C. F.

ROUEN

MÉGARD ET Cie, LIBRAIRES-ÉDITEURS

1870

APPROBATION.

—

Les Ouvrages composant la **Bibliothèque morale de la Jeunesse** ont été revus et **ADMIS** par un Comité d'Ecclésiastiques nommé par MONSEIGNEUR LE CARDINAL-ARCHEVÊQUE DE ROUEN.

AVIS DES ÉDITEURS.

———

Les Éditeurs de la **Bibliothèque morale de la Jeunesse** ont pris tout à fait au sérieux le titre qu'ils ont choisi pour le donner à cette collection de bons livres. Ils regardent comme une obligation rigoureuse de ne rien négliger pour le justifier dans toute sa signification et toute son étendue.

Aucun livre ne sortira de leurs presses, pour entrer dans cette collection, qu'il n'ait été au préalable lu et examiné attentivement, non-seulement par les Éditeurs, mais encore par les personnes les plus compétentes et les plus éclairées. Pour cet examen, ils auront recours particulièrement à des Ecclésiastiques. C'est à eux, avant tout, qu'est confié le salut de l'Enfance, et, plus que qui que ce soit, ils sont capables de découvrir ce qui, le moins du monde, pourrait offrir quelque danger dans les publications destinées spécialement à la Jeunesse chrétienne.

Aussi tous les Ouvrages composant la **Bibliothèque morale de la Jeunesse** sont-ils revus et approuvés par un Comité d'Ecclésiastiques nommé à cet effet par Monseigneur le Cardinal-Archevêque de Rouen. C'est assez dire que les écoles et les familles chrétiennes trouveront dans notre collection toutes les garanties désirables, et que nous ferons tout pour justifier et accroître la confiance dont elle est déjà l'objet.

———

L'HONNÊTE LABOUREUR.

I.

Omer-Hassan était réputé dans toute l'Anatolie l'homme le plus riche, et on le regardait comme le plus heureux ; car, aux yeux de l'indigent, richesse et bonheur sont deux idées inséparables. Sa maison ressemblait plutôt à un palais qu'à la demeure d'un particulier. Des tapis précieux couvraient le parquet de ses appartements ; des rideaux de damas à franges d'or tempéraient l'ardeur du soleil ; des glaces de Venise décoraient les murs ; les tables de bois de rose étaient couvertes de tapis de pourpre brodés d'or et d'argent avec un art admirable ; quarante esclaves faisaient le service de ce riche palais et épiaient le moindre signe de leur maître, pour y obéir sur-le-champ.

Dans les jardins qui entouraient le palais d'Hassan, et où l'on rencontrait les plantes les plus belles et les plus rares, se trouvaient des fontaines jaillissantes qui rafraîchissaient l'air et rendaient plus supportable la chaleur du jour. Dans des volières en fil d'or étaient nourris un nombre prodigieux d'oiseaux étrangers, qui faisaient retentir l'air de leurs chants mélodieux ; un parc aussi vaste que beau, attenant

aux jardins, servait de retraite à des
cerfs, à des gazelles et à des antilopes
qu'Hassan y entretenait pour son plaisir.

Sa table était chaque jour chargée
des mets les plus délicieux; et, après
le repas, une vingtaine de jeunes esclaves charmaient ses loisirs par leurs
danses et leurs chants. On ne doit donc
pas s'étonner qu'Hassan passât pour
l'homme le plus heureux de la terre.
Cependant il ne l'était pas; car, pour
être heureux, il faut être vertueux et
tempérant, et notre riche n'était ni
l'un ni l'autre.

Accoutumé dès sa jeunesse à vivre
au milieu de l'abondance, il était blasé
sur toutes les jouissances de la vie.
Ses efforts n'en tendaient pas moins à
augmenter sa fortune, et il ne reculait

devant aucun moyen pour satisfaire sa cupidité. Ses esclaves étaient les plus malheureux de la terre; il ne leur accordait aucun repos; à peine leur laissait-il quelques heures pour se livrer au sommeil, et, non content d'en exiger un travail qui surpassait leurs forces, il leur faisait donner la plus chétive nourriture.

Outre ses vastes domaines, Hassan possédait une mine d'or dans une montagne éloignée de la ville de quelques heures seulement. Chaque année il en tirait des sommes immenses; et c'était là qu'il contraignait ses infortunés esclaves à arracher des entrailles de la terre ce métal précieux, dont la possession était si chère à son cœur, et dont chaque once lui coûtait peut-être la vie d'un homme.

II.

Près des immenses propriétés d'Hassan s'élevait une petite chaumière ha-
bitée par un laboureur. Mustapha
(c'était le nom de cet homme) était
heureux par son assiduité au travail,
par sa vertu, par sa piété, et par la
possession d'une femme qu'il aimait
tendrement et qui l'avait rendu père
de deux charmants enfants. Il n'avait,

il est vrai, ni richesses, ni trésors, ni
esclaves; mais il voyait son petit pa-
trimoine augmenter chaque jour. Se-
condé par ses deux fils, il cultivait
avec un zèle infatigable les terres qui
entouraient sa maison; il allait lui-
même à la ville en vendre les produits, ce dont il s'acquittait avec autant d'intelligence que de probité, et
au bout de peu d'années il se vit à la
tête d'une petite fortune.

Sa maison, son petit jardin, qu'il
entretenait avec autant de soin que
ceux de son riche voisin, ses champs
dont il tirait chaque année des produits
si abondants, attenaient aux mines
d'or d'Hassan. Lorsque celui-ci vit que
Mustapha avait acquis une honnête
aisance, lui qu'il avait vu jadis malheureux, et à qui il avait même refusé une

pièce d'or pour l'arracher à la misère,
il lui vint à l'esprit que la fortune de
Mustapha venait de l'infidélité de ses
esclaves, qui s'étaient laissés séduire
par ce laboureur et lui vendaient à
vil prix l'or qu'ils tiraient de ses
mines. Cette idée le tourmentait jour
et nuit et ne lui laissait aucun repos.

Dès lors on le vit plus fréquemment
que par le passé rôder autour de ses
mines. Il se travestissait même pour
épier plus sûrement ses esclaves sans
en être reconnu ; et quand il en voyait
un entrer dans la maison de Mustapha,
afin de lui demander de l'eau pour lui
et ses compagnons d'infortune, qui
étaient consumés par une soif ardente
qu'ils avaient peine à satisfaire, le cruel
Hassan le faisait saisir et torturer de la
manière la plus barbare, pour en arra-

cher l'aveu que c'était dans des vues criminelles qu'il était entré chez le laboureur. L'esclave, fort de son innocence, supportait avec une constance héroïque les tortures auxquelles le soumettaient ses bourreaux, et les souffrances ne lui arrachaient pas un seul mot qui pût confirmer les soupçons d'Hassan.

Quoique rien ne convainquît Hassan de l'infidélité de ses esclaves, il n'en conserva pas moins dans son cœur la crainte de voir ses soupçons se réaliser, et il ne vit rien de plus propre à faire évanouir des craintes qui empoisonnaient toutes ses jouissances, que de se débarrasser de cet importun voisin. Il résolut de faire l'acquisition des biens de Mustapha et crut qu'il suffirait de lui en offrir une somme supérieure à leur

valeur réelle pour en devenir posses-
seur.

Un jour, il envoya un de ses confi-
dents, Muley Ibrahim, esclave dont
l'âme était plus affreuse encore que
l'extérieur, chez l'honnête Mustapha, et
lui fit offrir une somme considérable
pour sa maison et ses dépendances.
L'esclave avait reçu de son maître
l'ordre de doubler la somme pour
vaincre toute hésitation de la part de
Mustapha; mais le laboureur ne vou-
lut jamais céder aux instances de
Muley et lui dit qu'en aucune circon-
stance il ne vendrait l'héritage de ses
pères, qu'il considérait comme un dé-
pôt sacré devant être transmis à ses
enfants.

On peut se figurer la rage d'Hassan
en apprenant le refus de Mustapha. Il

crut y voir une preuve de la réalité des soupçons qui agitaient son âme, et dès ce jour la perte de Mustapha fut résolue.

Après avoir réfléchi pendant toute la nuit au moyen d'arriver à ses fins, il fit appeler Muley Ibrahim, lui dit de s'occuper sérieusement à obtenir de Mustapha, par la force, ce qu'il se refusait à accorder de bonne volonté.

— Maître, lui répondit l'esclave, je suis aussi désireux que toi de voir expulser de ce pays l'insolent Mustapha, et je crois avoir trouvé la véritable cause pour laquelle il ne veut pas vendre ses biens ; car je ne regarde que comme un prétexte ridicule l'attachement et le respect qu'il dit porter à l'héritage de ses pères. Le voisinage de ta mine lui est sans doute très-pro-

fitable ; peut-être même en tire-t-il plus
de profit que toi, en dépit de l'activité
de ta surveillance. S'il en était autre-
ment, d'où viendrait l'aisance dont il
jouit ? Lorsque le père de Mustapha
mourut, il y a dix ans, et qu'il prit
possession de son chétif héritage, il
était criblé de dettes ; aujourd'hui, non-
seulement il n'a plus de dettes, mais il
a l'intention d'accroître ses biens par
l'acquisition de nouvelles terres. Comment pourrait-il posséder une somme
assez considérable pour faire cette acquisition, s'il ne l'avait tirée de tes
mines ? Il n'a pas d'esclaves qui tra-
vaillent pour lui et augmentent sa fortune ; il cultive lui-même ses terres
avec l'aide de ses deux fils. Il faut donc
qu'il ait eu recours au crime ; peut-être
même a-t-il dans ses terres une veine

d'or qu'il exploite en secret. Dans tous les cas, il doit être dépossédé.

— C'est aussi mon opinion, lui dit Hassan ; mais je suis embarrassé sur le choix du moyen auquel nous aurons recours pour arriver à notre but. Il me tarde d'être délivré d'un homme dont le voisinage est pour moi le plus insupportable supplice et que je hais bien davantage encore depuis qu'il a eu l'audace de résister à ma volonté ; aussi je jure par Mahomet qu'il paiera cher son imprudence.

— Nous ne pouvons pas le contraindre par la violence à nous céder la place, répondit Muley après quelques instants de réflexion. Tu sais, maître, que le Grand Seigneur met son orgueil à rendre à ses sujets la plus sévère justice. A ses yeux, le riche n'a pas plus de droits que le pauvre. Si tu tentais de déposséder violemment celui qui te porte ombrage, il adresserait au Sultan une demande en justice, et alors nous serions punis de la manière la plus rigoureuse. Cependant il me vient une idée que je vais mûrir, et, si tu veux me laisser la liberté d'agir, je te promets de terminer cette affaire à ta satisfaction.

— C'est bien, lui dit Hassan, je te donne carte blanche; si tu réussis à me délivrer de cet homme, tu peux compter sur une riche récompense; car je mets un prix infini à n'avoir plus pour voisin un insolent qui prétend être aussi heureux que moi.

— Maître, répondit le vil Ibrahim en baisant le bas de la robe d'Hassan, avant la lune prochaine, tu auras le plaisir de voir l'orgueilleux Mustapha aussi malheureux qu'il avait eu l'odieuse prétention d'être heureux.

Pour encourager le méchant Muley à s'acquitter le plus tôt qu'il pourrait de la honteuse mission dont il était chargé, l'injuste Hassan lui donna quelques pièces d'or et le congédia en lui ordonnant de s'occuper sur-le-champ de l'exécution de leur noir projet.

III.

Mustapha venait de rentrer des champs, où il avait travaillé tout le jour; il était à table avec sa famille, lorsqu'on lui annonça le cadi du village voisin. L'honnête laboureur, qui vénérait le cadi à cause de sa vertu et de sa justice, s'empressa d'aller au-devant de lui et l'invita à prendre place à sa table. Le cadi le reçut avec un visage sévère, et le remercia sèchement de son invitation.

— Je ne viens pas, lui dit-il, pour recevoir tes honnêtetés ni t'en faire ; j'attends mes gens pour procéder chez toi à une enquête des plus rigoureuses.

— Chez moi ? repartit Mustapha avec un étonnement qu'augmentait encore la sévérité du cadi, qui avait toujours été bienveillant envers lui. Entre, lui dit-il, et cherche partout ; ma conscience est pure, je n'ai rien à redouter de ta sévérité ni de ta justice.

— Qu'Allah daigne mettre la vérité dans ta bouche, reprit le cadi. Je t'ai toujours regardé comme un homme honnête et pieux, et je t'avoue qu'il en coûterait à mon cœur de te trouver coupable. Cependant, continua-t-il à voix basse, si le désir de t'approprier le bien d'autrui s'était emparé de toi, et que par faiblesse tu te fusses laissé séduire, fuis avant l'arrivée de mes gens; car, quand ils seront ici, il n'y aura plus de salut pour toi; tu seras livré à toute la rigueur des lois. J'ai pris les devants pour t'avertir; car si, par malheur, ta culpabilité venait à être reconnue, ni ma pitié ni l'intérêt que je te porte ne pourraient te sauver. Malgré l'honnêteté de ta conduite jusqu'à ce jour, tu serais aussi rigoureusement puni que si toute ta vie tu avais été le plus profond scélérat. Ecoute, Mustapha, je connais les hommes; je sais qu'ils sont faibles, et qu'un seul instant suffit pour rendre criminel celui qui toute sa vie a marché dans le sentier de la vertu. Avoue-moi, je t'en conjure, si tu t'es laissé entraîner à t'emparer de ce qui ne t'appartenait pas.

— Ton langage m'étonne, lui répondit Mustapha avec ce calme que possède seul celui dont la conscience est pure ; j'ignore absolument ce dont tu veux me parler. Je n'ai jamais convoité le bien de personne, et jamais la possession d'un trésor injustement acquis n'a flatté mon cœur. Ce que je possède n'a coûté de larmes ni de soupirs à personne. J'ai d'abord péniblement gagné ma vie par la culture du modeste héritage de mes pères ; mais Allah a béni mes efforts ; et si je jouis aujourd'hui d'une honnête aisance, je ne la dois qu'à mes labeurs.

— Tes paroles sont pour moi une douce consolation, lui répondit le cadi.

Je t'avoue que j'ai tremblé pour toi ; car Hassan a porté contre toi une plainte des plus graves, et il m'importe de faire à ce sujet une enquête des plus minutieuses. Si tu me trompes, malheur à toi ! Si, au contraire, Hassan t'a injustement accusé, et que ton innocence soit reconnue, il sera sévèrement puni.

— Hassan, mon riche voisin, a porté plainte contre moi ! s'écria Mustapha avec le plus grand étonnement. Que puis-je lui avoir fait ? Jamais je ne l'ai offensé ; à peine le connais-je, et, plein de respect pour sa haute condition, je n'ai jamais eu la hardiesse de lui adresser la parole.

— Voilà mes gens, dit le cadi, ils amènent l'esclave d'Omer-Hassan, dont la déposition contre toi est si accablante. Prépare-toi à répondre à toutes les questions que je vais t'adresser, et réponds-y avec la franchise dont tu as constamment donné des preuves.

Mustapha croyait rêver; il regardait tantôt le cadi, tantôt l'esclave, qui, les yeux baissés, se tenait au milieu des valets de justice et n'osait soutenir les regards de l'innocent Mustapha. Jamais ce brave laboureur n'avait vu cet homme, et il ne pouvait concevoir qu'il eût pu l'accuser devant le cadi.

— Avance, Abou, dit le cadi à l'esclave. Dis-moi, connais-tu cet homme ?

— Oui, cadi, je le connais, répondit l'esclave en attachant toujours les regards à terre; c'est Mustapha, le voisin de mon maître Omer-Hassan.

— Comment as-tu fait sa connaissance ? lui demanda le cadi. Je t'ordonne, sous peine de mort, de ne rien cacher de ce que tu as appris sur le crime dont tu accuses Mustapha.

— Je promets de dire la vérité, répondit l'esclave en faisant un effort visible pour se donner de l'assurance. Ce Mustapha me rencontrait souvent sur le chemin de la fonderie, quand j'allais y porter le métal que les esclaves d'Hassan avaient tiré de la mine....

— Tu mens, misérable ! s'écria Mustapha avec indignation ; je ne t'ai jamais vu ; je le jure par le prophète. Je suis rarement allé du côté de la fonderie ; car j'évitais même de m'en approcher.

— Le vénérable cadi, répliqua l'esclave, jugera de la vérité de mes paroles. Tu ne peux nier, Mustapha, que tu vins fréquemment sur le chemin de la mine, et qu'à force de belles promesses et de présents, tu me déterminas à dérober à mon maître quelques morceaux d'or que je déposais dans un épais buisson qui se trouve au milieu du chemin. Dans la nuit tu venais avec tes fils chercher le produit de ta perfide adresse, et tu me laissais en récompense quelques misérables pièces de monnaie.

— Tu es un infâme imposteur! s'écria Mustapha, qui ne pouvait réprimer la colère que lui inspirait tant de noirceur. Misérable esclave, qui t'a porté à venir accuser injustement un innocent, afin de causer sa ruine? Allah, qui punit tous les crimes, te fera sentir l'effet de son bras vengeur.

L'esclave parut insensible aux reproches de Mustapha et continua en ces termes sa déposition :

— C'est ainsi que Mustapha, qui jouit dans tout le pays d'une réputation de probité si mal acquise, a trompé mon maître pendant tant d'années. S'il n'a pas dissipé cet or, il doit avoir une immense fortune. Un soir, la curiosité me fit épier Mustapha; je voulais savoir où il cachait l'or que je dérobais pour lui. Je fus assez heureux pour le suivre ainsi que ses deux fils, dont il se faisait toujours accompagner, sans en avoir été remarqué. Quand il eut enlevé du buisson l'or que j'y avais déposé dans la journée, il se dirigea vers un petit bouquet de bois qui dépend de sa propriété, et, quand il fut arrivé dans l'endroit le plus touffu, je le vis, à l'aide de ses fils, déplacer une énorme pierre et jeter dans un trou qu'elle couvrait l'or qu'il avait apporté. Lorsque cette opération fut faite, il replaça la pierre et regagna tranquillement sa maison, après avoir regardé plusieurs fois autour de lui pour s'assurer si personne ne l'avait suivi.

Mustapha fut atterré de la noirceur de cet esclave. Ce misérable avait cédé aux instances de Muley Ibrahim, qui lui avait promis sa liberté, s'il consentait à perdre le pauvre Mustapha.

— Qu'as-tu à répondre à cette accusation? demanda le cadi, à qui le silence de Mustapha paraissait de mauvais augure.

— Allah permettra que cet homme soit convaincu d'imposture, répondit avec calme Mustapha, qui était revenu de sa surprise. Dans le récit de cet es-

VI.

Un matin, Abou, qui était parti
pour porter des denrées dans un village voisin, vit assis sur un amas de
ruines un homme couvert de haillons
et dont l'extérieur annonçait un étranger. A ses pieds était un jeune garçon
dont la figure était pleine de noblesse,
mais dont les vêtements étaient misérables. Il cueillait des fruits sauvages

qui sortaient du sein des ruines et paraissait les dévorer avec une avidité qui faisait connaître que le besoin seul le portait à rechercher une telle nourriture. De temps à autre il en présentait au vieillard, qui les mangeait avec un empressement égal.

Abou s'approcha par curiosité; il put arriver jusqu'à eux sans en être remarqué; car ils lui tournaient le dos.

— Abdallah, demanda le vieillard au jeune garçon, le soleil est-il déjà bien élevé au-dessus de l'horizon ? Aperçois-tu quelque chaumière où nous puissions entrer et demander un morceau de pain pour apaiser notre faim? Depuis hier matin que je n'ai mangé que des fruits sauvages, je me sens d'une faiblesse extrême. Hélas! moi qui naguère vécus au milieu des délices et qui passai ma jeunesse dans l'abondance, je trouve bien dur, au déclin de ma vie, d'être obligé de mendier le pain de chaque jour. Pauvre Abdallah ! pourquoi n'as-tu pas perdu la vie avec tes frères ! Tu serais plus heureux.

Abou frémit en entendant cette voix, qu'il reconnut pour celle d'Omer-Hassan. Quoique son ancien maître fût aujourd'hui dans la misère, Abou craignait de paraître devant lui et d'en être reconnu.

— Père, lui dit le jeune garçon, le soleil est bientôt au-dessus des montagnes ; mais, aussi loin que peut porter la vue, je n'aperçois que des monceaux de pierre, et rien n'annonce la présence des hommes. Il se peut cependant qu'il y ait quelques maisons derrière ces ruines ; je vais le laisser ici et parcourir les environs pour voir si nous ne trouverons pas enfin un asile.

— Non, mon cher enfant, ne t'éloigne pas de moi ; je pourrais, pendant ton absence, être la victime de quelque chacal ou de quelque brigand. Depuis que j'ai perdu la vue, je suis incapable de me conduire ; il faut que tu veilles sur moi. Allah te récompensera de ta piété envers ton père. Reposons-nous encore un peu, puis nous continuerons notre route. J'espère qu'avant la fin du jour nous trouverons quelque village où l'on nous accordera l'hospitalité.

— Rassure-toi, brave vieillard, lui dit Abou en déguisant sa voix ; je vais te conduire dans une maison où tu trouveras tous les secours qu'exigent ton âge et ton infortune.

Abou ne s'enhardit à s'approcher d'Hassan que quand il fut convaincu que celui-ci avait perdu la vue.

— Qui parle là? s'écria Hassan avec effroi. Abdallah, n'entends-je pas une voix étrangère?

Le jeune garçon se leva précipitamment et regarda l'étranger avec effroi.

— N'aie nulle crainte, mon enfant, lui dit Abou, je ne veux te faire aucun mal. Levez-vous et suivez-moi, je vais vous conduire dans la maison de mon maître, le cadi du village voisin, chez qui vous pouvez être sûrs de trouver une bienveillante réception.

— Qu'Allah répande sur toi ses bénédictions! lui répondit le vieillard. Le besoin nous accable. Nous venons

de fort loin, et je sens que mes forces
ne peuvent plus résister aux priva-
tions que j'ai endurées depuis plusieurs
années.

— Hâtez-vous de me suivre, dit
Abou au vieillard en lui tendant la
main pour l'aider à se lever.

Quand Hassan sentit la main de
l'étranger, il ne put s'empêcher de
tressaillir; car la terreur est la com-
pagne du crime.

Après un quart d'heure de marche,
ils arrivèrent chez Mustapha.

— Attendez-moi ici, leur dit Abou;
je vais prévenir mon maître de votre
présence. Reposez-vous sous ces pal-
miers; dans quelques minutes je serai
près de vous.

Abdallah conduisit son père à
l'ombre d'un palmier et s'assit près

de lui. Abou entra chez Mustapha et lui dit :

— Maître, Allah a permis que ton plus cruel ennemi soit venu de lui-même se livrer à toi. Omer-Hassan, mendiant et aveugle, est à ta porte et attend de toi un asile et un morceau de pain. Conduis-toi envers lui comme il l'a fait envers toi. Allah est juste. Venge-toi.

— Quoi ! s'écria Mustapha avec surprise, Omer-Hassan à ma porte ! lui aveugle et mendiant ! Comment peut-il être tombé dans une telle mi-sère ? Il possédait de si vastes trésors ! Oui, Abou, tu as raison, Allah est juste et ne laisse jamais une faute impunie.

— Enfin, tu vas être heureux, dit Abou. Si ton cœur est, comme je le pense, altéré de vengeance, tu vas pouvoir te satisfaire. Dois-je l'introduire ?

— Amène-le près de moi, lui répondit Mustapha après quelques instants de réflexion. Oui, tu as raison, je me vengerai de lui, car il m'a fait bien du mal ; mais je veux que ma vengeance soit digne d'un homme qui craint Allah. Aie grand soin de ne pas prononcer mon nom en sa présence ; jamais il ne doit savoir qui je suis.

Abou s'éloigna et rentra peu d'instants après, suivi d'Omer-Hassan et de son fils.

—- Abou, dit Mustapha, prépare un bain et un repas pour ces étrangers, et donne-leur des vêtements plus convenables.

Il se tourna alors vers Hassan et lui dit, en lui prenant la main :

— Infortuné vieillard, sois le bienvenu dans ma maison, ainsi que ton jeune fils. Je rends grâces à Allah de m'avoir choisi pour mettre un terme à vos maux. Vous partagerez ce que je possède, et, tant que je vivrai, jamais vous n'aurez à redouter les horreurs du besoin.

— Qui es-tu, homme généreux ? s'écria Hassan. Que ne puis-je contempler ton visage, toi qui fais retentir à mon oreille des paroles de consolation auxquelles je ne suis plus accoutumé.

Mustapha ne répondit pas ; son émotion était trop forte ; il craignait de se trahir. Abou rentra avec un plat de pilau qui fut dévoré par les deux voyageurs. Il y avait longtemps que ces infortunés n'avaient fait un si bon repas ; car le plus souvent ils apaisaient leur faim avec des racines ou des fruits sauvages. Pendant qu'ils mangeaient, Mustapha alla faire part à sa femme et à ses enfants de ce qui venait de se passer. Tous en furent surpris, mais aucun d'eux n'improuva la noble vengeance qu'il voulait tirer de son plus cruel ennemi.

Hassan et son fils s'établirent dans la maison du généreux Mustapha, qui prit soin de l'éducation du fils de son ennemi. Jamais il ne l'interrogeait sur sa vie passée, et il avait toujours pour lui les plus touchants égards. Il apprit par des étrangers les aventures d'Hassan après sa fuite. Le Grand Seigneur, ayant été instruit du soulèvement de l'Anatolie, avait envoyé des troupes pour y rétablir l'ordre ; mais il avait en même temps ordonné que l'on fît une enquête sur la conduite du pacha fugitif. Les résultats de cette enquête furent la connaissance des cruautés et des vexations commises par Hassan.

Le Grand Seigneur, justement irrité de la conduite du pacha, mit sa tête à prix, afin d'effrayer, par un châtiment terrible, ceux qui tenteraient de l'imiter. Quand Hassan apprit que le Sultan avait donné des ordres pour qu'on s'emparât de lui partout où il se trouverait, il ne vit plus de terme à ses maux. Il se réfugia dans les montagnes avec son fils, qui était encore fort jeune, et se cacha pendant plusieurs années dans une caverne, sans oser approcher d'aucune habitation. L'insalubrité de cette retraite lui causa une longue et cruelle maladie, qui se termina par la perte de sa vue.

La crainte de voir la santé de son fils s'altérer lui fit prendre la résolution de quitter la caverne. Ils parcoururent en mendiant une partie de l'Asie, en évitant toutefois de s'arrêter longtemps dans les lieux habités. Ils erraient de la sorte depuis deux années quand ils arrivèrent à Palmyre, où ils rencontrèrent Abou, qui les conduisit chez Mustapha.

Tant qu'Hassan vécut chez le respectable cadi, il ne sut pas où le sort l'avait conduit. Mustapha avait trop de générosité pour humilier son ennemi, en lui apprenant que c'était à celui qu'il avait réduit à la misère qu'il devait le repos de ses dernières années.

Enfin, le vieil Hassan vit arriver l'instant terrible où il faut quitter la vie. La conduite de Mustapha à son égard, plus encore que ses infortunes, avait épuré son cœur corrompu, et ce n'était qu'avec d'amers regrets qu'il jetait ses regards sur le passé. Il sentit le besoin de décharger son cœur dans le sein d'un ami et fit un jour connaître à son hôte tous les crimes qui avaient souillé sa vie. Il n'oublia pas de parler de son injustice envers Mustapha, et lui dit qu'il avait plus d'une fois prié Dieu de délivrer sa victime de l'horrible position dans laquelle il l'avait si barbarement plongée.

— Hassan, lui répondit Mustapha en pressant la main du mourant, puisse Allah te pardonner comme l'a fait Mustapha! Son cœur est satisfait; il s'est vengé de toi, mais il t'a pardonné. Ainsi, tu peux mourir en paix.

— Comment! s'écria Hassan, Mustapha s'est vengé de moi ! Hélas ! non, car jamais je ne le revis, ni appris même ce qu'il était devenu. L'infortuné sera mort dans la misère en me maudissant, et, quand nous paraîtrons devant le juge suprême, il viendra me reprocher ma cruauté.

— Il vit et te bénit, lui dit Mustapha avec émotion, car la seule vengeance qu'il ait voulu tirer de toi a été de te faire oublier les malheurs qui t'ont poursuivi pendant de longues années.

— Qui es-tu donc, s'écria le mourant, toi qui connais les crimes de ma vie ?

— Je suis Mustapha, ton ennemi, lui répondit le généreux cadi. Depuis longtemps j'ai oublié tous tes torts envers moi. La vengeance que j'ai tirée de toi est celle qu'ordonne Allah, qui a dit : « Bénissez ceux qui vous maudissent. » Tu peux aujourd'hui mourir en paix.

— Béni sois-tu, ô Allah ! s'écria Hassan, toi qui as mis tant de générosité dans le cœur d'un ennemi. O Mustapha ! puissent tes fils te ressembler ! Tu n'as besoin ni d'éloges ni de récompense : tu les trouves dans ton propre cœur. Adieu, Mustapha, généreux ennemi ; nous nous reverrons dans le ciel !

Ce furent ses dernières paroles ; ses paupières s'abaissèrent, et l'infortuné rendit le dernier soupir. Dieu veuille accorder à son âme un repos qui lui fut refusé sur cette terre !

FIN.

Rouen. — Imp. MÉGARD et Cᵉ, rue Saint-Hilaire, 136.